KB271633

무릎 위 허튼소리

천년의시 0173 무릎 위 허튼소리

1판 1쇄 펴낸날 2026년 3월 20일

지은이 장동구
펴낸이 이재무
기획위원 김춘식, 유성호, 임지연, 차성환, 홍용희
편집 이호석, 박현승
편집디자인 김지안, 장수경
펴낸곳 (주)천년의시작
등록번호 제301-2012-033호
등록일자 2006년 1월 10일
주소 (03132) 서울시 종로구 삼일대로32길 36 운현신화타워 502호
전화 02-723-8668
팩스 02-723-8630
블로그 blog.naver.com/poemsijak
이메일 poemsijak@hanmail.net

ⓒ장동구, 2026, printed in Seoul, Korea

ISBN 978-89-6021-844-4 04810
     978-89-6021-105-6 (세트)

값 11,000원

무릎 위 허튼소리

장동구

천년의 시작

시인의 말

시간이 우당탕 퉁탕 흘러갈 때

봄날 고무 대야에
빗방울이 튀고

부엌에서
냄비 뚜껑이 들썩인다

여름 흙길엔
발자국이 남고

가을 장독대엔
빗물이 떨어진다

겨울 논바닥 얼음 아래
뿌리가 하품한다

우당탕 퉁탕
흐르는 소리
무릎 위에 쌓이고

흙 묻은 글자들이
허튼소리 되어
굴러다닌다

2026년 새봄

우농(愚農) 장동구

차 례

시인의 말

제1부   2012년까지

제4부   2025년

해　설

제1부 2012년까지

우리 집 고양이

올여름 장마가 길어지더니
마당의 풀이 제법 자랐다

모처럼 한가한 일요일 새벽
풀을 뽑고 있는데
아내가 와서
관중이 생겼다고 한다

몇 해 묵은 검정개 한 마리
비료 자루 위
작은 고양이 셋이 나란히 앉아
내가 무얼 하는지
신기한 듯 바라본다

언제부터였는지 모르겠다
첫 고양이의 딸
그 딸의 딸이
대를 이어 살고 있다

조금 전 녀석들은

오래전부터 자리 잡은 듯
비닐하우스 모퉁이,
장독대 옆,
창고 안 으슥한 데,
마당 뒤편 그늘에
저마다의 자리에 있다

나는 우리 집에 고양이가
몇 마리인지 모른다
먹이를 준 적도 없고
손을 내밀어 본 적도 없다

'우리 집 고양이'라는 밀도
맞지 않은 듯히디
저희끼리 둥지를 틀고
자기 몫의 시간을 살아갈 뿐

하긴
나 역시 지구의 한쪽 기슭을
내 자리라 여기고 있으니

하얀 눈 붉은 장미

11월 셋째 닐
출근길 모퉁이에서
찬 이슬 머금은 장미가
나를 기다리고 있었다

담벼락 아래
늦가을 빛이
장미의 그림자를
벽에 걸어 두었다

가을이 끝나가고 있음을
장미가 먼저 깨달은 듯
몸을 기울였다

크리스마스 이브
그때 그 붉은 장미 위에
하얀 눈이 소복하다

삼형제바위

세 개의 바위가
어깨를 맞대고 서 있다

동생과 나란히
당숙의 붓끝을 따라간다
먹빛 산수가 번지는 화선지 앞에서
관장 형님이 건넨 차 한 잔

아이들은 마른 낙엽을 밟으며
바위를 올려다본다
저 돌의 무게를 아직 모른다

해마다 이 산에 오르면
셋이 나란히 섰던 지리가
조금씩 넓어진다

등교

왕벚나무가 마당을 덮었다

교복 입은 남매가 나란히 선다
누나가 동생 어깨에 팔을 얹는다
카메라 앞에서만 허락되는 자세

수선화가 장독대 옆에서 고개를 들고
라일락은 올봄 처음 송이를 열었다

강아지 둘이 한 그릇에 코를 박는다
서로의 몫을 탐하면서도
밀어내지 않는다

차 시동을 건다
백미러에 마당이 가득하다

부론 가는 길

외사리 집에서
걸어가기 시작했다

이포보, 여주보 지나
강둑 풀을 밟으며 간다

강천보를 건너니
바람이 충청도의 냄새를 데려온다

세 도가 만나는 지점
남한강과 섬강이 합쳐진다

돌아오는 길
저녁빛이 물 위에 부서진다

비 내리는 광복절

어제부터 비가 내렸다
오늘도 낮부터 굵은 비가 이어진다
저녁엔 깻잎 넣은 김치볶음밥을 먹었다
오늘은 거친 음식으로 배를 채워야 했다
가슴이 답답했다

어제, 대학교 학생들에게 등록금 고지를 했다
이천 명 중 절반이 장학금을 받는다
십칠억 원을 고지서에 선감면했다

팔십 점을 넘지 못한 얼굴들이 떠오른다
나는 그들에게 충분히 말했던가
"장학금을 받지 못할 수도 있다"고

칠십 점만 되어도 도와주고 싶었는데
그마저 닿지 못한 학생들이 있다

비는 계속 내린다
어느 부모의 마음, 어느 학생의 눈물
나는 그 한가운데 서 있다

자전거 출근 1

소국 핀 마당에서
자전거를 타고 나섰다

코스모스 길
가을 안개가 내렸다
찬 이슬이 페달에 닿는다

억새 피고
붉은 맨드라미 지나간다

땅콩 캔 밭
벼 벤 그루터기
부지런한 가을이
저만치 간다

하얀 꽃이 반긴다
가까이 가니
들깨꽃이다

동지 팥죽에 넣을

수수가 영글어 간다

자전거 바퀴가
가을을 지나간다

아내의 가을

감 몇 알이
거실 창가에 매달려 있다

아내의 손끝이 닿은 실마다
가을빛이 묻어 있다

매달린 감을 들추면
창밖의 단풍이 조용히 고개를 숙인다

실과 실 사이로
햇살이 들고 바람이 스친다

이 가을이 가기 전에
수산지 오솔길을 다시 걷고 싶다

충혼당 107호실

백부님 두 분을
동작동 국립현충원에 모셨다
육이오가 끝난 지 예순 해가 넘어서야

선영에서 충혼당 107호실로
형제는 다시 나란히 누웠다

장우회, 장우재
한 글자 다른 이름
한 분은 지리산에서
한 분은 금성에서

이름보다 먼저 간 두 젊은 날
광복장과 화랑무공훈장만 남기고

가을 하늘이 유난히 높았다
우리 가족은 고개를 숙였다

돌아오는 길
바람에 태극기 소리만 들렸다

마징가 Z

수능일 아침
1983년 학력고사장으로 걸어가던
열여덟 살이 떠오른다

국민학교 시절
마징가 Z가 손목시계로
본부와 교신을 했다

2012년,
손바닥 화면으로
누군가의 얼굴과 마주보며
거리를 걷는 사람들

오늘 시험지를 받아든 수험생늘
그들의 자녀는 시험지 없이
뇌파로 답을 전송할지도

마징가 Z가 예언이었다면
우리는 이미
누군가의 만화 속에 있다

내 책상 서랍 속
1983년 수험표 옆에
아직 태어나지 않은 손자가
홀로그램으로 문안 인사를 한다

상고대

버스로 출근하는 상쾌한 아침
깊숙이 넣어 두었던
장갑을 꺼내 낀다

손끝까지 따스함이 전해진다
정류장 가는 길
블루베리 가지마다
하얀 상고대가 피어 있다

안개 낀 대지 너머
붉은 태양이 떠오른다
얼어붙은 상고대에
아침이 닿아든다

버스가 온다
나는 탄다
블루베리 가지 끝에서
상고대가 반짝인다

합격자 발표

스물여섯 번째
수시 2차 발표

엔터를 누르면
누군가의 삶이 달라진다

전화가 온다
불합격 사유를 묻는다

점수를 말한다
얼굴이 안 보여 다행이다

끊고 나서
빈 화면을 본다

한 표

어머니가 동생 집에서 오셨다
돈 벌러 왔다고

긴 줄 끝에 서서
손자 손녀 등록금
낮춰줄 사람 찍어야지

투표소를 나서며
기념사진을 찍었다

오 년 뒤에도
오 년 뒤에도
함께 줄을 서자고

2012. 12. 19. 대선 투표일, 문장초등학교

제2부　2013년~2019년

겨울비

차가운 겨울비 내리는
이월의 첫날 밤을 맞는다

고향 친구가
오랜 만남을 뒤로하고
겨울비 속 먼 길을 택했다

몇 해 전
딸을 이곳 학교에 맡기며
웃던 얼굴이 있었는데
그 딸 보고 싶어
어쩌려고 그 길을 갔는지

십여 년 함께 지내던
캠퍼스의 동료도
어제 짐을 싸서 떠났다
앞으로는
우연히 마주칠 일도 없을 것이다

새벽부터 내리던

겨울비의 찬 물방울이
마당 모과나무 가지
끝에 길게 매달려 있다

삼백 킬로미터

휴직 중이었다
자전거를 타고
여주에서 서해갑문까지 갔다

엄지 발톱 두 개가
검게 죽었다

반 년이 지나
발톱에 새살이 돋는다

기관평가인증

마이크 앞에 선다
오늘은 대학교 학위 수여 날입니다
955명의 졸업생 모두 축하합니다

대강당을 나서 서울행 차에 오른다
창밖으로 지나가는 들판에
아직 눈이 남아 있다

설명회장 의자에 앉는다
기관평가인증제
처음 듣는 말들이 쏟아진다

踏雪野中去(답설야숭거)
눈 덮인 들판을 걸어살 때
不須胡亂行(불수호란행)
함부로 어지럽게 걷지 마라

도예가의 찻잔을 받아든다
오늘 하루
두 개의 세계를 건넜다

遂作後人程(수작후인정)

뒷사람의 이정표가 될 것이다

자전거 출근 2

편도 17킬로미터
오르막과 내리막을 한 시간 달려
아침 바람을 가르며 출근한다

오늘도 페달을 밟는다

어제의 살구꽃은
바람에 흩날리고
오늘은 라일락이 피어난다

그런데 중간쯤에서
뒷바퀴가 펑크났다

다시 집으로 돌아가
승용차 키를 든다

모과나무 새싹이 돋아나는 걸 보니
꽃과 나무는 제 몫을 다하는데
나도 제 몫을 하고 있는지

이천아트홀

토요일 저녁
아내와 나란히 앉았다

금난새의 지휘봉이
허공을 가른다
유라시안 필하모닉의
첫 음이 열린다

현의 울림이
가슴 어딘가를 두드린다

아내가 눈을 감는다
나도 감는다

부역

이장님이 전화했다
내일 다섯 시 반

새벽
동네 형님들과
도로변 풀을 벤다

낫을 든 손이
나란히 움직인다
풀 냄새가 퍼진다

도시에서는
월급에서 세금을 먼저 뗀다
시골에서는
몸으로 낸다

허리를 펴고
길을 본다
우리가 풀 벤 자리가
마을 끝까지 이어져 있다

노각나무

십오 넌 전
몇 그루를 심었는데
한 그루만 남았다

올여름
처음 꽃을 열었다
흰 꽃잎 사이
노란 수술이 빛난다

삼 미터까지 자라는 동안
나는 무엇을 했던가

큰 꽃잎이
아직 고울 때
송이째 뚝 떨어진다

살아남은 것들은
그렇게 피고, 그렇게 간다

정글

오전 10시, 명동 사거리
신호등이 붉은 눈을 뜨고 있다

처음 본 오토바이—
지붕을 이고 유리창을 단
뒷바퀴 둘 달린 짐승들이

왼쪽 뒤에서 떼로
오른쪽 뒤에서 무리로
횡단보도 경계선에 몸을 낮춘다

낮은 으르렁

시골길 홀로 달리던 번호판
철의 무리 속에 갇혔다

책임

1. 보이시 않던 계절

2월 눈발에서 시작해
10월 억새까지
대학 하나를 다시 세웠다

새벽 교정,
가로등만 내 그림자를 아는 날들

평가단이 떠난 오후
갑자기 고요한 캠퍼스
처음 본 것처럼 낯설다

창밖 은행나무가
평소보다 노랗게 보인다
9개월 만에 제대로
올려다본 하늘

내가 못 본 사이
계절이 세 번 바뀌었다

2. 페달의 속도

아침 공기가 가벼워
자전거를 끌고 나왔다

은행나무 길
낙엽 하나가
바퀴에 밟힌다

9개월 동안
매일 차로 지나쳤던 이 길을
처음 제대로 본다

자전거 헬멧 벗고
가을 바람 맞으며 서 있다
빈 교정이
이렇게 넓었구나

3. 천 년 동안

오랜만에 둘이서
용문사로 향했다

9개월 동안
혼자 먹은 저녁
혼자 켠 불

천년 은행나무 아래
노란 등불이 걸려 있다
축제 중이라 사람들이 북적인다

아내가 말없이
나무 둘레를 한 바퀴 돈다
나도 따라 걷는다

바람이 불자
노란 잎들이
우리 어깨에 내려앉는다

봄 바다

눈꽃 쌓인
찬바람 속
파도는 혼자
봄빛을 섞고 있다

넓은 모래사장
바람이 지나간다

저 멀리
설산에 햇살이 닿는다

작은 산

눈,
바람이 길을 내던 작은 산

드물게 핀
진달래마저 지고

굽은 솔가지 틈으로
바람 불어오던

작은 산

풍년

봄인 줄 알았다
이월 끝자락에
마당에 눈꽃이 피었다

소나무가 허리를 숙이고
모과나무 가지마다
흰 솜이 쌓였다

들판을 본다

아직 다하지 못한 말

합격 통지를 받았다
아들이 웃고 있었다

그날 저녁
넥타이를 풀었다
이십육 년 만에
다시 매지 않았다

아이들에게 말했다
직장에서 나오게 되었다고

수염을 깎지 않았다
양복을 입지 않았다

십이월 스물이틀
우리 가족은 차에 올랐다

아들이 물었다
어디 가세요

가고 싶었던 곳이라고
오래 미뤄둔 곳이라고

거울을 보았다
처음 보는 얼굴이 있었다

연말

48

밤새 눈이 왔다
아침 하늘이
낯설게 푸르다

추녀 끝 명태 한 마리
반쯤 마른 몸으로 바람을 맞는다

비닐하우스 안
상추와 쑥갓 사이로
민달팽이 한 마리가 기어간다

새해 아침도 오겠지

금요일

일월 초엿새
점퍼 없이 걷는다

흙길 위
하얀 강아지가 앞서거니 뒤서거니

갈색 산자락
앙상한 나무 사이로
하얀 구름 한 점

길섶에
노란 민들레가 피었다

저수지 둘레를
한 바퀴 더 돈다

그냥 날이 좋아서

목련이 지고
살구꽃이 핀다

마당 한구석
오래된 물조로에
보라색 꽃이 가득하다

손수레를 끌고
마당을 한 바퀴 돈다

승용차가
제자리에 서 있다

라일락 향기가
여기까지 온다

아들에게

새해 첫날, 네가 애를 태우더니
둘째 날 새벽
큰 울음으로 세상을 열었다

물 이름 기(淇)
큰 산(山)
이 땅을 품은 사람이 되라고

너는 어려서부터
수리에 밝았고
작은 생명도 함부로 다루지 않았다
생명과학을 택했을 때
나는 고개를 끄덕였다

명고 재당숙께서
시경에서 호를 찾으셨다
호(號) 사간(斯干),
자(字) 여송(如松),
당호 여송헌(如松軒)

오늘
카투사로 떠난다
연무관 앞에서
손을 흔든다

군복 단추 하나에도
그 뜻을 달아 두거라

제3부   2020년~2024년

먼 길 가는 그리운 님

뒷동산 도토리나무에
새 잎이 연두빛으로 물드는
사월 끝자락

분홍 저고리 곱게 차려입으시고
환한 미소 지으며
가벼운 발걸음으로 나서시는

눈물로 새겨온
아흔 해 긴 세월을
훌훌 털어내시고

분홍 꽃잔디를 밟으며
마음 편히 가시길 빕니다

재작년 그 생신날
온 자식들 웃음꽃 피우던
우리 집 넓은 잔디마당
그 모습 그대로 간직하시며

아주 먼 훗날
우리가 다시 만나는 그날에는
따뜻한 빈대떡 구워 드리고
약주 한 잔 올리겠습니다

먼 길 가시다 힘들면
좋은 꽃밭에서
잠시만 쉬셔요

언젠가
저희들이 만나러 가겠습니다

질경이

넓은 벌판 끝이든
마당 귀퉁이든
한 뼘 흙과 하늘이면 충분해

긴 가뭄에
온 세상이 목말라도
아침 이슬이면 돼

거친 장화에 밟혀
잎이 찢어져도 괜찮고
날카로운 칼에
잘려도 괜찮아

찬 이슬 내리는 가을
뿌리째 뽑아도 괜찮아

다 괜찮아

발톱

아프면 아프다고 하지
왜 참았니

엄지발톱이 시커멓게 죽을 때까지
왜 그토록 참았니

찜통 장화 속 힘들면 힘들다고 하지
왜 참았니

들깨밭 쇠비름에 허리 굽힐 때
나는 네 침묵만 들었다

엊그제 해 질 녘으로 돌아갈 수 있다면
다시는 네가 아프지 않게
장화를 훌훌 벗어 버릴게

경춘선 숲길

지난밤 꿈에 장자를 만나
나비가 되었다

그때 나는
내가 나인지 몰랐다

북명의 곤(鯤)이 되어
메타버스의 바다를 헤엄치다
붕(鵬)이 되어 남명으로 날아갔다

오늘, 경춘선 숲길의
붉은 장미꽃을 본다
어찌 저리도 붉게
피어났을까

뭉툭하게

아주 오래전에
바람을 베어낼 수 있는
시퍼런 칼이 있었다

아버지께서
숫돌 위에 아침 이슬 받아
그 칼을 갈고 또 갈았다

바위도 흙도
결국 바람이 되어버린
그 세월 동안
갈고 또 갈아
그 칼은 뭉툭해졌다

그렇게 다섯 개의 칼을 갈아
끝이 무뎌진 다섯 개의
손가락을 만들고
마침내
하나의 손을 만들었다

봄날
마당 가득한 라일락 향기에
그 손이
뭉툭하게 말한다

오늘도 괜찮았니

아버지의 배추밭

가마솥더위가 이어지는 여름날
텃밭에 거름 내 쟁기로 두럭 만들고

투박한 손으로 심은
무와 배추 잎마다
가을 하늘이 있다

추석날 밤
하늘과 바람과 별을 사랑한
아버지가 있던 자리에
내가 서 있다

불멍

겨울이 내려앉은 날

가을빛 물든 벗나무 잎과 잔가지가
마당 한구석에 수북이 쌓여 있습니다

노을 지는 초저녁
별이 찬바람에 흩날려
마당에 내려앉고 있습니다

낙엽 타는 냄새가 구수합니다

낙엽 타는 연기 속에
마당을 거닐며 웃으시던
그 모습이 떠오릅니다

첫서리

아직 어둠이 가득한 들판
노란 국화꽃 이슬이
찬바람 맞으며 맑은 빛으로 피어난다

청명한 아침 햇살에
서리꽃이 눈부시다

서리꽃을 자세히 보려 하니
어느새 바람 되어
시린 겨울 하늘로 가버린다

헤어져야 할 때

초겨울, 도심 가로수의 푸른 잎이
얼어 매달려 있다

가을에 낙엽이 되어
나무와 헤어져야 할 때
떠나지 못한 그 잎은
겨울 얼음 속에서
봄을 기다려야 한다

이른 봄, 남녘에서
아지랑이 피어오르면
얼음 속에서 해방되어
가야 할 곳으로 간다

헤어져야 할 때
헤어지지 못한 사랑은
얼음 속에 남은 그 푸른 잎만큼 시리다

청담

캠퍼스가 막혔다
오천 명의 수험생이 기다린다

고사장을 섭외하고
감독관 명단을 맞추고
교육부, 경찰서에서 전화가 온다

사무실을 청담 건물로 옮겼다
첫 출근의 책상 위
여전히 정리되지 않은 서류들

창밖 은행나무가
늦가을 빛을 털어 내고 있다

잠시 손을 모은다
이번 주 토요일 논술고사

책상 가장자리에 놓인 작은 긴장까지
내 몫이디

2024. 11. 11. 동덕여대는 남녀공학 전환 논의로 점거되었다
(당시 입학팀장)

코엑스

딸을 데리고 이 복도를 걸었다
부스마다 멈춰 서서
팸플릿을 받았다

한 대학에서 발길이 멈췄다
딸이 원서를 냈다

딸은 지금 시청에 출근한다

오늘
일찍 도착했다
카페에서 커피를 마신다
장갑을 벗어 놓고
안경을 내려놓고

곧 부스가 열린다
수험생과 학부모가 온다
팔 년 전의 내가 온다

점거, 계엄령(12월 3일), 대치, 그 한복판에서
(당시 입학팀장)

브로콜리

삼월에 심었다
케일, 상추 사이
한 줄을 비워 두었다

오월까지
물을 주고 벌레를 잡았다

잎 사이로
주먹이 맺힌다

첫 수확을 데쳐
이창화 선생 도자기에 담는다

밥상에 올린다

청개구리에게

칠월의 달 밝은 밤
이슬 젖은 잔디를 떠나
승용차 트렁크 아래 숨었던 너

새벽 차가 마당을 나설 때
넌 내리지 않았다

고속도로 위
속도가 붙을 때
흔들리는 트렁크 아래에서

도심 빌딩 지하 주차장
눈이 마주쳤을 때
너는 아직 거기 있었다

돌아가는 길
너는 내렸구나
콘크리트 기둥 사이 어딘가로

언제 떠나야 하는지
누가 먼저 알게 될까

들깨꽃

들판 끝자락
흰빛 스민 보랏빛 가루
허공에 앉는다

참깨가 고운 줄 맞추지만
들깨는 비탈진 언덕에서
바람과 먼지를 받는다

외사리 안개 속
바람이 오면 파도처럼 일렁이고
해 질 녘 노을 아래
흰빛이 붉어진다

이름 없는 꽃
변두리에 핀다

흰빛 사이
들기름 냄새 번지고
저녁 들판에
바람만 남는다

부지깽이

소죽 쑤는 가마솥 앞에
어린아이 쪼그려 앉아
부지깽이로 불을 헤집는다

저녁마다
생솔가지 불꽃이 톡톡 튀는 아궁이 속
지팡이만 한 물푸레나무는
조금씩 검어졌다

한 뼘
또 한 뼘

손에 잡히지 않을 만큼 짧아지면
아궁이 속으로 던졌다

이튿날 아침
재를 긁어내면
어디가 솔가지고 어디가 부지깽이였는지
알 수 없다

제4부　2025년

울타리

아버지는
봄 햇살 받으며 서 있던
든든한 돌담 같으셨다

나도 그 돌담을 닮아
누군가에게
울타리가 되고 싶었다

살다 보니
반쯤 무너진,
돌담이라 부르기도 어려운
싸리 울타리가 되어 있었다

싸리 울타리에 불과해도
여름볕 한 줄은 가린다

처서(處暑)

달력 속 숫자들이
녹아내린 달리의 시계에 매달린 듯
축 늘어져 흘러간다

매미는 아직 울어대고
땀방울이 한낮을 적신다

처서라는데
절기가 늦은 걸까, 내 시간이 더딘 걸까

바람은 오지 않는다
선풍기 날개만 허공을 맴돌며
여름과 가을의 경계를 깎는다

창문을 열어 둔다
불어 올 바람 한 줄기
내 시간을 흔들어
이름 없는 계절 하나 남기려 한다

시스템 종료

오늘
우리의 네트워크는 멈췄다

데이터라 불리던 패킷은
암호화된 채 열리지 못하고
함께 저장한 기록들은
파편화되어
서로를 인식하지 못한다

이별은 해커가 틈을 찾듯
보이지 않는 틈을 찾아 들어와
시스템 전체를 점령했다

마음의 방화벽을 뚫고
날카로운 패킷들이 침투했고
복구 불능 오류로
모든 창이 닫혔다

다시 연결을 시도해도
응답 없음만 되돌아오고

메모리 깊은 곳에는
백업하지 못한 순간들이 웅크린다

포렌식 같은 회상으로도
붕괴의 첫 신호는 잡히지 않고
패치와 업데이트조차
손상된 구조를 되돌리지 못한다

너는 로그아웃했고
나는 오프라인에 남았다
재부팅을 시도할수록
사용자를 찾을 수 없습니다
라는 경고만 더 선명해진다

그러나 완전한 삭제는 아니다
휴지통에 남은 파편들이
언젠가 다른 운영체제에서
다시 실행될 수도 있으니

시스템 종료 중—

저장하지 않은 변경 사항이 있습니다
나는 '예'를 눌렀다

우리가 남긴 모든 데이터를
내 마음의 하드디스크에
저장한다

전원이 꺼진 후에도
보이지 않는 메모리 어딘가에서
너라는 프로세스는
여전히 작동하고 있다

당남섬

이포보 옆
집에서 가깝다

아내와 걷는다
말이 없다

코스모스가 길을 따라 피었다
사람이 드물다

걷다가 멈춘다
또 걷는다

돌아오는 길
여전히 말이 없다

가을 기다리며

78

봉당 끝에 앉아
마당을 본다

가을이 오지 않았다

배롱나무 꽃이
피어 있다

감나무 잎이
푸르다

조금 늦게 오려나

나는 기다린다

저녁의 서(書)

햇살은
먼 산에 걸려 사라지고

나는 오늘을
낡은 책갈피에 접어 두었다

아무 일 없던 하루라 믿었는데
가만히 귀 기울이니

책갈피 사이로
접히지 않은 한 줄이 있었다

좀 쉬고

일찍 왔다
사무실 창가에 앉는다

커피 한 잔

책상 위
할 일들이 놓여 있다

창밖에
이미 아침이 와 있다

아침 그림자

문턱에 걸린 바람이
여름의 마지막 끝자락을 흔든다

빈 강의실 의자에 햇살이 내려앉고
먼지 한 톨도 제자리에 있다

복도 끝에서 들려오는 발걸음
새로 들어온 목소리들이 벽을 스친다

분필 가루가 남긴 흰 흔적을 지우며
손끝에 묻어오는 것들—
오래된 질문, 익숙한 답

종소리가 울린다
언제나 그랬듯이

나무 그림자는 조금씩 짧아지고
새로 온 그림자가 교정을 덮는다

오늘도 문을 연다

한 번 더

마지막이라는 말 대신
새벽이 낮으로 기울어지는 순간을
바라본다

늦둥이 수박

봄
새 비닐하우스에 여섯 포기

삼복더위가 이어질 때
큰 수박을 잘라
가족과 시원하게 먹었다
그것으로 끝인 줄 알았다

잊고 지내다
넝쿨 보니
올망졸망한 것들이
새로 달려 있다

몇 개 따와서 갈라 보니
어떤 것은 슴슴하고
어떤 것은 달달했다

슴슴, 달달
모두 제 빛깔

머리 없는 새

어머니가 닭 잡던 날
목 없는 몸이 한참 마당을 헤맸다

날개만으로 땅을 차며 달렸다

육십 해가 넘도록
나도 그랬다

회색 길을 오가며
어디로 향하는지 묻지 않았다

지난밤 꿈에 닭이 나타나
고개를 갸웃거렸다
넌 아직도 머리를 찾고 있니

깨어나 책상 위 공책에
몇 줄을 긁어 남긴다
펜끝이 종이를 할퀴는 소리만
방 안에 남는다

담벼락

출근길
키오스크에서
따뜻한 아메리카노를 고른다

바리스타는
아이스라 한다
다시 주문하란다

불편한 걸음으로
어머니가 그 담벼락 앞에 서면
커피 한 잔
어떻게 드실까

저녁상

새벽부터
텃밭에 나갔다

해가 기울어도
호미를 놓지 못했다

이제야
밥상 앞에 앉는다

손톱 밑
흙이 조금 남아 있다

아내가 호박잎에 강된장을 얹어 건넨다

구수하다

마당에
별이 하나 떴다

소쩍새

한밤
잠결에 귓불을 긁는 소리—
소쩍 소쩍

마당 끝에 모란을 심던
할머니의 흰 머리가
소쩍새 울음에 겹쳐 온다

낯선 방문자

구월 첫째 주말 밤
타국에서 온 발자국이
집 앞을 서성였다

문패를 들여다보고
우편함을 흔들어 보고
담장 곁을 기웃거렸다

방화벽이 굳게 닫혀 있어
안으로는 들어오지 못했지만
그 흔적은 오래 남았다

그분 맘이니 어쩔 수 없지
내일 또 올지

오늘은
오지 않아도 돼

우농의 마당

장독대 위
항아리 일곱 개가
햇살 아래 나란히 앉아 있다

잔디마당을 가로질러
나무 그림자가 길게 드리워지고

의자 두 개
탁자 하나

아침이면
커피를 들고 나와 앉는다

저녁이면
별이 하나씩 뜬다

항아리 일곱 개가
오래된 별을 품는다

퇴근길 플랫폼

기둥들은
시간을 붙들고 있다

점자블록은
발밑에 희미한 길을 이어준다

빨간 SOS 표지판 하나
고요를 지킨다

평소 붐비던 플랫폼
오늘은 비어 있다

나는 혼자
서 있다

강천섬

지팡이 손에 잡힐 듯
열린 들판

섬의 가운데
한 그루 느티나무가 있다

그늘진 벤치 위에
가만히 앉은
그림자 하나

종이 위로
바람의 속삭임을 적는다

바람의 결을 따라
나무들이 줄지어 있다

풀꽃들은 발밑에서
나직이 노래하고

메뚜기는 섬의

작은 맥박을 울린다

때까치의 휘파람
까치의 울음
이름 모를 작은 새들까지―

오늘의 하늘은
새와 바람의 교향곡으로
가득하다

현을 고르다
　-비발디 사계, 가을

볏단 흔들리자 첫 음이 터졌다
웃음은 들판의 검은 건반을 쓰다듬고
바람은 그 위를 지나간다

창문에 기댄 석양이 물러나고
발걸음들 머뭇대는 사이
꿈 하나가 공중에서 진다

숲 끝에서 울린 사냥 뿔소리
새들이 허공에 찰나를 멈추는 동안
어둠이 활을 켜 올린다
현 하나, 또 하나씩

흙은 저 혼자 화음을 짓고
씨앗들은 긴 겨울의 활시위를 당긴다

마지막 음이 멎은 자리에서
계절의 소리가
다음 악장으로 넘어가는 것을 듣는다

늦비

늦가을 비가
논바닥을 흥건히 채우면

탈곡은 멎고
벼에선 싹이 돋았다

싸락눈이라도 내리면
논바닥 벼이삭 얼어붙어
푸른 싹이 트다
끝내 썩어 갔다

아버지는 그 비를 맞으며
논 한복판에 도랑을 냈다

양철 지붕 위
빗소리 요란한 낮

아내는 노릇한 부추전을 부치고
나는 막걸리 한 잔을 기울인다

아버지 곁에서
도랑을 함께 파지 못한
마른 손에 빗물만 고인다

막걸리 한 잔, 아버지께 닿을까
빗소리만 거세진다

낡은 피아노의 오후
-사티의 짐노페디 1

오후는 마당의 낡은 피아노
소나무는 페달 밟은 음표를 붙잡고 있다

커피 속의 빛은 건반 위의 먼지
사과나무 그늘은
마당 한가운데를 고독한 현(絃)으로 가로지른다

강아지가 화음을 멈추고
잔디마당 너머 그늘 속으로 들어간 후
다음 악장이 나오지 않는다

국화는 핀 채로 긴 쉼표
장미는 붉은 채로 첼로의 낮은 잔향(殘響)
튜닝이 끝난 세계에서,
모든 색이 제 음고(音高)를 견딘다

아내가 눈을 감으면
가을빛 하나 피아노의 흑건(黑鍵)이 되어 마당에 고여 든다
내가 숨을 쉬면
잔디는 미세한 현의 떨림으로 흔들린다

까치 소리
그것마저도 느린 템포의 일부다

우리는 마당의 정결한 음역이 되어 간다
마당은 우리를 천천히 선율 밖으로 지운다

말티재에서

육십 해가
얼굴에 패였다

친구들은 둥근 돌이 되어
붉게 익은 나뭇가지 아래 앉았다

청남대
낙엽이 쌓인
그 길을 걷는다

누군가의 고뇌가
햇살을 키웠다

장난치던 소년들이
푸른 하늘 아래
붉은 잎을 나눈다

J.Drip

한 방울씩 떨어지는 시간을
기다린다

벗 둘이 흰 벽돌 앞에 앉아
창밖 느린 눈송이를 세어 본다

주인은 핸드밀 돌리고
우리는 말이 없다

다섯 평 남짓 이 작은 온기에서
서른다섯 해 직장생활이
모두 씻긴다

빈 잔 놓고 일어서면
문 위 방울이 한 번 흔들리고

우리는 다시
월요일로 걸어간다

손가락

철푸덕
계단 끝에서 넘어졌다
소주병이 깨지고
손바닥이 유리를 덮쳤다

오십 년 전
타작날 막걸리 받아오던 길
주전자 기울여 맛보던
그 손가락들

아버지 없이
삼십 년을 살았는데
손가락 하나
없어진들 어쩌랴

아프긴 하다

제5부 여주의 사계

1월, 파사성

새해 아침
이포 파사성에 올랐다

앙상한 가지 사이로
해가 걸린다

한강이 굽어 보인다
상류에서 하류까지

그림 한 장
파란 강, 붉은 해

천오백 년 전에도
이 자리에서 누군가 내려다보았을 것이다

2월, 외사리 봄
－비발디 사계, 봄

백고개 넘어 이현 저수지
갈라진 얼음판 위로
버들가지 물드는 소리

참새 한 마리
짚가리 구멍에서
날아오르고

쇠똥 두엄 아래
연두 마늘 잎
땅을 밀어 올린다

싸락눈 내리는 새벽
홍매화 붉고
노랑 수선화 핀다

삼일절 외사리 마을회관
척사 윷판 걷어내고
노래 한바탕 쏟아진다

3월, 사과나무

딸과 마당에 나무를 심는다

감홍 두 그루
부사 한 그루

딸이 삽질을 한다
내가 묘목을 잡는다

흙을 덮고
물을 준다

이 년 뒤에 열린다

그때 나는 이 마당에 있고
딸은 시청에 출근한다

4월, 목련

마당에서 마당으로 옮겨 심었다
뿌리가 적었다

가지가 무성해서
윗부분을 쳤다

남은 가지 끝에서
꽃 하나가 피었다
하얗게

새순은 돋지 않았다
나무가 말랐다

그 꽃이
이 나무의 전부였다

5월, 이포보

사직서를 쓰려다
휴직을 했다

한강이
보 앞에서 멈춘다

아이들은 나무 데크에 앉아
각자의 모자를 고쳐 쓴다
모자 아래 볕이 든다
딸의 티셔츠에 적힌 글자
STOP AND THINK

돌아가기로 했다
등록금 고지서가 아직 온다

6월, 아들

아들과 처음 자전거를 탔다
이포보에서 강천보까지
왕복 사십육 킬로미터

돌아오는 길
아들이 넘어졌다
무릎에 피가 맺힌다

괜찮다고 먼저 일어서는 아이

집에 와서
상처를 닦아 준다

7월, 여주*

유월 말 마늘 뽑은 자리
풀이 소복하다

한낮, 애호박꽃 피고
수세미 하늘로 오른다

여주는 하루가 다르게
도깨비방망이를 키운다
울퉁불퉁 그 속에
붉은 열매

옥수수 개꼬리에
고추잠자리 한 마리 앉는다

장마 오기 전 새벽
들깨를 심는다

* 여주(苦瓜): 겉모양이 수세미 열매와 비슷하고 울퉁불퉁한 껍질을 가
　진 덩굴식물의 열매. 강한 쓴맛이 특징.

8월, 옥수수 꽃

복중의 한낮
찌는 더위 속에서
매미 소리가
파란 하늘 높이 울려 퍼지고 있다

텃밭 끝
줄지어 선 옥수수
수수한 꽃밥 달고
파란 하늘로 뻗어 오른다

고추잠자리 한 마리
하늘을 헤치고 와
꽃밥에 앉으니
가벼운 꽃가루 흩어져
옥수수 수염을 만나러 간다

옥수수는
자신의 꽃을 기억하지 못한다
파란 하늘의 매미도
그 꽃을 기억하지 못한다

한낮의 뜨거운 볕 아래
늙어버린 나는
매미 소리와
고추잠자리가 아련하다

9월, 미완성 문장

아들아, 아버지는—

어머니가 스물여덟 해 만에 들려주신
그날 밤 아버지의 말씀
문장이 끝나지 않은 채로
눈물만 마침표가 되었다고

시인으로 살고 싶었지만
비어 있는 시집을 남긴 채
생계라는 현실에 문장을 접고
쉼표만 찍으며 살아오신 분

아버지가 책상 서랍을 열고
낡은 국어사전을 꺼내셨다고
어머니가 뒤늦게 들려주셨다

별 하나라는 단어를 찾고 계셨을까
끝내 닿지 못한 하늘을 찾고 계셨을까

아직 우리말에 없는

아버지만의 단어를
만들려고 하셨던 걸까

스물여덟 해가 지나
나도 그 사전을 뒤적인다
ㄱ에서 ㅎ까지 모든 페이지를
하지만 그 단어는 없다

아버지가—

끝내 쓰지 못한 그 말을
나는 아직
별빛 속에서 찾고 있다

10월, 허튼소리

1
고구마 넝쿨을 적시며
가을비 내린다

감나무 가지 끝 잎새마다
맑게 매달린 빗방울
흔들릴 때마다 익어 가는 가을

창 너머 잔디마당 빗소리에
귀를 기울이면
오는 발소리보다
마음이 먼저 들러온다

2
기다리던 벗들과
오락가락 가을비 속에서
호미로 흙을 헤치면
고구마가 쏟아진다

흙 묻은 손으로

서로의 얼굴을 가리키며
소리 높여 웃는다

여치 소리 가득한 밤
처마 아래 걸어둔 희미한 불빛

막걸리 잔이 오가고
허튼소리는 흙 묻은 채로
무릎 위를 굴러다닌다

11월, 김장

진눈개비 내리던 날,
할머니는 머리에
수건을 질끈 동여매고
김장을 담그셨다

벼 베고 난 뒤
애롱애롱―
탈곡기 발로 밟던 날들
들깨, 메주콩 도리깨질하던 마당
감나무엔 된서리 앉고
큰 눈 오기 전 김장독 묻었다

늦가을 볕 아래
아내와 동생 내외 모여
배추, 무, 갓, 파 뽑아
소금과 새우젓에 버무린다

이제 김치냉장고 있어
김장을 늦출 필요는 없어도
배추는 서리를 맞아야 하고

무는 영하에 들면 맛을 잃는다

어머니는 말없이 앉아
눈길로만 지켜보신다
보쌈도 김치도 드시지 못한다

언젠가 손주 며느리의 김장에도
그 곁을 지켜주시리라

12월, 겨울
-비발디 사계, 겨울

117

〈1악장〉
논바닥 얼음판에서
썰매를 타니
바람이 옷깃을 파고든다

하늘에 연이 올라
팽팽한 줄의 기세가
손끝을 따라 전해 온다

겨울밤 깡통불은
논둑길을 따라 돌며
어둠의 가장자리를 밝힌다

눈 쌓인 날이면
눈덩이 굴리다
눈싸움하고

처마 끝 고드름 아래
첫 음이 떨어지는 것을 본다

〈2악장〉
승용차에
아이들을 태웠다
초등학교까지 이십 분

뒷자리에서
아들이 물었다
장자가 뭐예요

딸의 답
나비 꿈이잖아

둘이 웃고
다투다
다시 웃었다

차창 밖에
눈이 내리고
가로수마다 하얀 눈이 쌓였다

퇴근길
피자집에 들렀다
아이들이 웃고
아내도 웃었다

그 시간이
그렇게 갔다

〈3악장〉
오래 걷던 길의 끝
발자국 하나 없는 들판이다

무엇이 있을까
얼마나 걸어야 할까

바람 부는
들판으로 나간다

발자국이

뒤에 남는다

앞은
여전히 하얗다

친구
— 2025년 5월, 우농의 어머니 이정배 작품

나의 고향은 경기도 여주
오랜만에 시골 가서
친구들을 만나 보낸 즐거운 시간
그러나 몸이 말을 듣지 않아 넘어졌다
손목 부상을 입었다

아들 며느리의 외출금지
망연히 거실 밖을 보니
제비가 우리 집을 찾아왔다
친구들 만난 듯 반가웠다
문득 학교 친구들이 생각났다

헌사

40년 전 늦가을
미그기가 휴전선을 넘었다
사이렌이 울렸다

교실 창가에 연필을 내려놓고
하늘을 보았다
학력고사 문제지
무거운 책가방
차라리 내일이 오지 않았으면

지금 수험생들도
창가에 앉아 문제를 푼다
무뎌지는 연필 끝
넘기는 책장
가방을 메고 석양길을 걷는다

40년째 늦가을
나는 빈 가방을 멘다

일상은 어떻게 시적인 것이 되는가

여태천(시인, 동덕여자대학교 교수)

그렇게 15년 동안

봄날 고무 대야에
빗방울이 뛰고

〔…〕

여름 흙길엔
발자국이 남고

가을 장독대엔
빗물이 떨어진다

겨울 논바닥 얼음 아래
뿌리가 하품한다
　　　　　—「시간이 우당탕 퉁탕 흘러갈 때」 중에서

그 시간이
그렇게 갔다
　　　　　　—「12월, 겨울—2악장」 중에서

　두 작품은 제목을 가리고 한 편의 시처럼 읽어도 될 만큼 자연스럽다. 먼저 인용한 작품은 시집의 '시인의 말'이며, 다음 작품은 '2025년 12월'이라는 부기로 보아 최근에 썼을 가능성이 높다. 첫 번째 작품은 봄, 여름, 가을, 겨울의 이미지를 삽화적으로 구성하여 시간의 흐름을 감각적으로 제시했다. 두 번째 작품에는 첫 번째 작품에서 볼 수 없는, 시인의 일상이었을 "그 시간"이 "그렇게"라는 짧은 말에 압축되어 있다. "그렇게"라니? 읽는 이에 따라 "그렇게"는 '아무 일도 일어나지 않은 시간'에 대한 성의 없는 대답처럼 들릴 수 있겠지만, 시인에게 "그렇게"는 대체할 수 없는 숱한 감정과 말하지 못한 사연이 뭉뚱그려진 말이다. 시집에 수록된 작품들이 2011년부터 2025년까지 쓴 것들이니, "그렇게"에는 15년의 시간이 담겨 있다고 말할 수 있겠다. 시간을 단순한 배경이 아니라 인간과 세계를 형성하는 힘으로 보는 장편 소설에서야 연대기적 구성이 흔한 편이지만 시집에서는 드물다. 장동구 시인이 자신의 첫 시집에 수록될 작품을 시간적 순서로 배치한 이유는 어디에 있을까. 생각해보니 큰 사건보다 일상의 반복이 생활사의 밀도를 보여주는 데 효과적일 수 있겠다. 다른 한편으로는 "그렇게"라고 부를 수 있는 세간의 시간과 겹치는 자신의 시간을 나름대로 조감하려는 마음도 있었겠다 싶다. 사람으로서 갖춰야 할 미덕이다. 그러나 무엇보다 "그렇게"에 담긴 일상이 그에겐 다른 무엇과도 바꿀 수 없는 '전부'였기 때문이다. 하루이면서 백 년이기도 한 일상의 이야기다.

너무 가까워 잘 보이지 않는

　일상은 반복되고 습관화되고 그래서 기능적으로 소비된다. 매일 걷는 거리, 늘 보던 풍경, 가까이 있는 물건들. 이것들은 굳이 그 의미를 묻지 않아도 되는 것들이다. 사실 누구도 이것들이 왜 여기에 있는지 궁금해하지 않는다. 버려진 것, 하찮은 것, 스쳐 지나간 것 들. 너무 가까워 잘 보이지 않는 것들이 일상이다. 우리는 특별한 사건을 기억하면서 일상은 '아무 일도 일어나지 않은 시간'으로 밀어낸다. 그렇게 일상은 사유와 가장 멀리 있게 되었다. 속도와 성과가 무엇보다 중요한 시대, 한 개인의 일상은 특별한 의미를 갖지 않는다. 그의 삶은 더 좋은 방향으로 나아간다고 말할 수 없게 되었고, 삶의 의미는 이미 오래전에 파편화되었다.

우리도 모르는 사이에 삶의 진실도 연기처럼 사라졌다. 삶은 그 의미를 묻지 않는 순간 '아무 일도 일어나지 않은 시간' 속으로 자취를 감춘다. 그런데 정말 일상은 아무런 의미도 없는 것인가. 마음을 주고, 정성을 쏟고, 애써 함께할 필요가 없는 것인가. 우리는 일상을 살고, 일상을 떠나서는 삶이란 존재하지 않는다.

　너무 가까워 잘 보이지 않는 일상. 그러나 시는 바로 그 일상이 눈앞에서 사라지기 직전의 순간을 붙잡고 이렇게 묻는다. '정말 이게 아무것도 아니라고?' 평범한 사건이나 하찮은 사물 등을 시적인 것으로 바꾸는 작업이 일상의 '성화(Sacralization)'다. 일상 속에 숨어버린 삶의 진실을 찾아내는 것은 오래된 시의 일이다. 시인이 의도적으로 일상의 성화를 위해 시를 써온 것은 아니겠지만 그의 작품에서 일상은 종종 시적인 장면으로 존재한다.

　　1
　고구마 넝쿨을 적시며
　가을비 내린다

　감나무 가지 끝 잎새마다
　맑게 매달린 빗방울
　흔들릴 때마다 익어 가는 가을

　창 너머 잔디마당 빗소리에

귀를 기울이면
오는 발소리보다
마음이 먼저 들려온다

2
기다리던 벗들과
오락가락 가을비 속에서
호미로 흙을 헤치면
고구마가 쏟아진다

흙 묻은 손으로
서로의 얼굴을 가리키며
소리 높여 웃는다

여치 소리 가득한 밤
처마 아래 걸어둔 희미한 불빛

막걸리 잔이 오가고
허튼소리는 흙 묻은 채로
무릎 위를 굴러다닌다

―「10월, 허튼소리」 전문

농촌의 가을 하루라는 지극히 일상적인 장면이다. 고구
마 넝쿨이 자라고, 가을비가 감나무 가지와 잎에 맺히고,

잔디마당의 빗소리가 들리고, 호미질을 하고, 막걸리를 마시는 일은 특별한 사건이 아니다. 뿐만 아니라 한 개인이 삶의 기록으로 애써 남길 만한 것도 아니다. 속도주의 사회에 사는 이들에겐 관심 밖의 일이다. 그런데 시인은 그 빗방울 소리를 듣고 "발소리보다/ 마음이 먼저 들려온다"고 말한다. 일상은 마음을 주지 않으면 '아무 일도 일어나지 않는 시간'일 뿐이다. 시인은 이 모든 것들에 마음을 주고 있었다. 그러니 먼저 들려오는 마음은 화자의 것임에 분명하다. 하지만 그 마음은 동시에 그를 찾아오는 벗들의 것이면서 언제부턴가 잊고 있었던 자연의 움직임이기도 하다. 자연의 움직임과 인간의 정서가 섬세하게 교차할 때, '아무 일도 일어나지 않은 시간'의 진실이 드러난다.

눈여겨볼 대목은 이 시에서 일상의 시간이 숭고한 순간으로 바뀌는 장면이다. 화자는 가을비를 맞으며 벗들과 함께 호미로 흙을 파헤치고 고구마를 캔다. 육체적 노동은 일상의 가장 보편적 형식이다. 물론 그들의 고구마 캐기는 생업으로서의 노동이 아니다. 그렇다고 시간을 무작정 흘려보내는 소비로서의 노동도 아니다. 고구마 캐기는 뭔가가 일어나는 시간이며, 그 일을 누군가와 함께하는 시간이다. 더불어 흙 속에서 쏟아지는 고구마는 인간에 대한 자연의 응답, 말하자면 노동에 대한 오랜 기다림의 보상이기도 하다. 그러므로 고구마 캐기는 고단한 노동이 아니라 공동의 기쁨을 여는 행위가 된다.

더욱 놀라운 것은 공동의 기쁨이 만들어지는 장면이다.

여치 소리가 들리고, 처마 아래 걸어둔 등은 희미하며, 막걸리 잔이 오간다. 오랜만에 만난 친구들의 "허튼소리는 흙 묻은 채로/ 무릎 위를 굴러"다니고 있다. 정말로 '아무 일도 일어나지 않은 시간'인데 마치 제의의 시간과 공간처럼 느껴진다. 개별적 세계가 우연히 맞닿아 발생하는 순간이다. 그때 "허튼소리"는 더 이상 일상에서의 잡담이 아니며, 일상은 서로의 존재를 확인하는 따뜻한 시간이 된다. 가치 없는 말로 여겨지는 "허튼소리"는 흙 묻은 손과 무릎 위를 굴러다니며 삶의 진실에 가장 가까운 말로 바뀐다. '아무 일도 일어나지 않은 시간'인 일상이 시적인 순간으로 바뀐 것이다. 삶의 진실은 멀리 있지 않고, 고구마 넝쿨을 적시는 비와 흙 묻은 손 그리고 아무 쓸모 없어 보이는 말들 속에 있다고 시는 말한다. 진실은 과거와 현재가, 주체와 타자가 번개처럼 접속하는 어떤 순간에 잠깐 나타난다. 이 접속은 대개 사소한 장면, 일상적 이미지, 무심한 사물 등을 통해서 일어난다. 그래서 일상은 잠들어 있는 진실의 창고이자 각성의 가능성이다. 우리는 문득 깨닫게 된다. 벗들과 보내는 저 일상은 결코 끝나지 않을 우리의 일상이며 그리고 그 일상이 내일 아침 다시 우리 앞에 있을 것이며, 그 일상의 기쁨을 잠깐 느끼는 순간이 삶이 가장 삶다워지는 순간이라는 것을.

섬세해지려는 노력으로

　너무 가까워 잘 보이지 않는 일상에서 시적인 것을 발견하기란 쉬운 일이 아니다. 생각처럼 세상일이 마음대로 되지 않는다. 하지만 세계를 얼마나 오랫동안 바라보느냐에 따라 달라지기도 한다. 물론 자신의 관점에서만 바라봐서는 곤란하다. 자칫하면 세계에 대해 돌이킬 수 없는 오해를 낳을 수 있기 때문이다. 어떤 사건이건 그 진실에 최대한 섬세해지려는 노력이 없다면 일상의 시적인 순간은 결코 느낄 수 없다. 대부분의 우리는 그 섬세한 노력을 잊어버렸지만.

마당에서 마당으로 옮겨 심었다
뿌리가 적었다

가지가 무성해서
윗부분을 쳤다

남은 가지 끝에서
꽃 하나가 피었다
하얗게

새순은 돋지 않았다
나무가 말랐다

그 꽃이

이 나무의 전부였다

—「4월, 목련」 전문

시인은 어느 봄날 목련 나무를 옮겨 심었다. 아름다운 목
련꽃을 더 많이 보기 위해서였을 테지만 뿌리가 약했다. 목
련을 위해 무성한 가지를 쳐냈다. 누구나 더 큰 결과, 더 아
름다운 것을 원한다. 나무랄 수만은 없는 일이다. 꼭 자신
을 위해서만이 아니라 목련을 위해서이기도 했을 것이다.
그런데 꽃은 겨우 하나만 피었고, 목련은 새로 순을 내지
못하고 고사했다. 여기까지 읽고 인간의 어떤 행동은 종종
세계에 대한 폭력일 수도 있으며, 때로 그것이 불러올 수
있는 불행에 대해 말할 수 있다. 다른 관점에서 결과중심
주의 혹은 성과중심주의에 대한 일종의 저항이라고 에둘러
말할 수 있다.

그런데 마지막 연, "그 꽃이/ 이 나무의 전부였다"는 구
절은 앞서 이야기한 인식적 차원의 사실을 넘어서는 정서적
사건처럼 보인다. 말하자면 마지막 두 행에는 우리가 놓친
목련의 진실이 담겨 있다. 인간의 입장에서 목련과 관련된
진실이 있다면, 그것은 '목련 나무가 말라 죽었다'이다. 반
면 목련의 입장에서 진실은 '이 꽃이 나의 전부였다'이다. 시
인은 하나의 세계를 잃어버렸지만, 목련은 전 세계를 잃어
버렸다. 시는 여기서 끝나지 않는다. 시인은 꽃 하나를 피
우고 고사한 목련에 대해 최대한 섬세해지려고 노력했다.

그 노력으로 "그 꽃"이 "나무의 전부"라는 진실을 알게 되었
다. 목련의 진실은 아마 시인의 진실이 될 것이다.

　시인의 섬세해지려는 노력은 생명이건 사건이건 한 세계
의 진실을 발견하는 깃으로 이어지고, 그 발견은 일상을 성
찰하고 태도를 바꾸는 또 다른 경험이 된다.

초겨울, 도심 가로수의 푸른 잎이

얼어 매달려 있다

가을에 낙엽이 되어

나무와 헤어져야 할 때

떠나지 못한 그 잎은

겨울 얼음 속에서

봄을 기다려야 한다

이른 봄, 남녘에서

아지랑이 피어오르면

얼음 속에서 해방되어

가야 할 곳으로 간다

헤어져야 할 때

헤어지지 못한 사랑은

얼음 속에 남은 그 푸른 잎만큼 시리다

—「헤어져야 할 때」 전문

사랑과 이별 이야기는 동서고금을 막론하고 문학의 오래된 주제다. 그것을 인간의 이야기로 부풀려 말하는 것은 소설가의 몫이지만 시인은 그것이 자연의 이야기도 된다고 오래전부터 말해 왔다. 기대를 저버리지 않고 시인은 초겨울 가로수에 매달려 있는 "푸른 잎"을 보고 그것이 '얼어 있다'는 사실을 발견했다. 낙엽이 되어 떨어져야 하는데, 제때 떨어지지 못한 잎들이다. 자연의 질서에서 벗어난 "푸른 잎"은 '잘못 남아 있는 것'이지만 시인은 그것을 즉각적으로 판단하지 않는다. 섬세해지려는 노력이 발견한 세계의 진실이다. 잘못된 사랑, 때를 놓친 사랑이 얼마나 많은지 시인이 모를 리 없다. 그러므로 마지막 연에서 보여주는 "헤어지지 못한 사랑"이 지닌 '시림'은 이 발견이 도달한 경험적 진실에 가깝다.

문제는 이 사태를 어떻게 받아들일 것인가이다. 나뭇잎이 제때 떨어지지 못하고 남아 있는 것처럼 어떤 사랑은 제때 헤어지지 못해 한 사람의 내면을 들쑤시기도 한다. 사랑의 기억이라고 할 "푸른 잎"은 겨울 동안 얼음 속에 그대로 있다가 봄이 되면 자연스럽게 떨어져 가야 할 곳으로 갈 것이다. 그러나 실패한 사랑은 어떻게 되는가? 그것을 '미련'이나 '실패'로 단정한다면 "푸른 잎"의 이미지와는 어울리지 않는다. 시인은 얼음 속에 머문 시간을 지연이 아니라 보류로 봤다. 그러므로 "푸른 잎"은 때를 놓친 존재가 아니라 다른 리듬으로 시간을 통과하는 존재가 된다. 사랑도 그렇다. 그러니 "푸른 잎만큼 시리다"에서 '시리다'는 후회의 감정이

아니다. 비록 실패했지만 사랑의 진실이 지녔던 온도와 질
감이 여기에 담겨 있다. 제때 떠나지 못했어도, 계절의 질
서를 어겼어도, 얼음 속에 멈춰 있어도, 사랑은 사라진 것
이 아니다. 실패한 듯 보이는 삶의 한 국면이 시인의 섬세
해지려는 노력으로 다른 진실에 다다른다. 이와 같은 태도
덕분에 "푸른 잎"과 사랑은 '잘못된 잔여'가 아니라 하나의
진실로 남게 된다.

각자의 자리에서 함께하는

세계를 세세하게 구분하며 개별성을 발굴하는 작품이 있
는가 하면, 분리되고 독립된 세계를 연결해 주는 작품도 있
다. 전자가 주체를 더 많이 발견하여 개인성을 극대화했다
면, 후자는 일상에서 미처 경험하지 못했던 감각을 발명하
며 공감을 최대화시킨다. 다음 작품은 작고 미세한 세계에
서는 경험하지 못했던 큰 세계와 삶의 진실에 대해 생각하
게 한다.

이장님이 전화했다
내일 다섯 시 반

새벽
동네 형님들과

도로변 풀을 벤다

낫을 든 손이
나란히 움직인다
풀 냄새가 퍼진다

도시에서는
월급에서 세금을 먼저 뗀다
시골에서는
몸으로 낸다

허리를 펴고
길을 본다
우리가 풀 벤 자리가
마을 끝까지 이어져 있다

—「부역」 전문

　'공감(sympathy)'이란 '함께 고통을 겪다'라는 뜻의 그리스어 'soun pathein'에서 유래했다고 한다. '부역'은 국가가 제한된 시간 동안 노동력을 징발해 공공사업에 사용하던 제도다. 아직도 시골에서 이런 일이 있는지 모르겠으나, 실제로 부역에 참여하는 이들의 육체적 고통이 그들을 하나로 이어주고 있다는 점은 흥미롭다. 예컨대 "내일 다섯 시 반"이라는 이장의 호출은 선택이나 의지가 개입될 수 없는 명령에 가깝다. 그러나 곧 그 호출은 "낫을 든 손이/ 나란히 움직인다"에서처럼 공동체의 리듬에 몸을 맞추는 행위로 전환된다. "풀 냄새" 역시 함께 있음의 감각을 일깨운다. 일방적인 위로나 연대의 선언이 아니라 같은 냄새를 맡고 같은 동작을 반복하는 데서 생기는 묵묵한 공감이 만들어진다.

"시골에서는/ 몸으로 낸다"라는 구절에서 그 공감의 의미가 더 분명하게 드러난다. '몸으로 낸다'는 것은 단순한 희생이 아니라 공동체에 속해 있음을 몸으로 증명하는 방식이다. 개인의 부담은 공동의 유지로 환원되고, 그 과정을 모두가 알고 있다. 불평 대신 묵인과 이해가 이들을 하나로 이어준다. 화자는 풀을 베다 말고 허리를 펴고 지나온 자리를 바라본다. "우리가 풀 벤 자리가/ 마을 끝까지 이어져 있다." 그의 눈 앞에 펼쳐진 것은 노동의 결과가 아니라 연대의 흔적이다. 자신이 벤 풀의 양이 아니라 '우리'가 만들어낸 연속성을 본 것이다. 나의 노동이 타인의 노동과 이어져 하나의 길을 만들고, 더 큰 공동체인 "마을"로 이어져 있다는 것을 발견한다. 실제로 공감의 어원처럼 저들은 서로 이어져 있다는 사실을 육체적 고통으로 느꼈다. 저들에게 풀베기는 단순한 노동이 아니라 함께 이어져 있다는 구체적 경험이 선사하는 일상의 진실이다.

장동구의 시는 우리가 일상을 어떻게 살고 있는가에 대해 이야기한다. 어떻게 살아야 하는가에 대한 윤리적 질문을 하기 전에 우리가 어떻게 살고 있는지를 먼저 알아야 한다. 그의 시는 근원적이고 웅장한 세계 안에서 인간으로서

의 근원적 감성을 회복시키며, 개인의 욕망에만 머물지 않
는 공동체적 가치를 보여준다.

　　올여름 장마가 길어지더니
　　마당의 풀이 제법 자랐다

　　모처럼 한가한 일요일 새벽
　　풀을 뽑고 있는데
　　아내가 와서
　　관중이 생겼다고 한다

　　몇 해 묵은 검정개 한 마리
　　비료 자루 위
　　작은 고양이 셋이 나란히 앉아
　　내가 무얼 하는지
　　신기한 듯 바라본다

　　언제부터였는지 모르겠다
　　첫 고양이의 딸
　　그 딸의 딸이
　　대를 이어 살고 있다

　　조금 전 녀석들은
　　오래전부터 자리 잡은 듯

비닐하우스 모퉁이,
장독대 옆,
창고 안 으슥한 데,
마당 뒤편 그늘에
저마다의 자리에 있다

나는 우리 집에 고양이가
몇 마리인지 모른다
먹이를 준 적도 없고
손을 내밀어 본 적도 없다

‘우리 집 고양이’라는 말도
맞지 않은 듯하다
저희끼리 둥지를 틀고
자기 몫의 시간을 살아갈 뿐

하긴
나 역시 지구의 한쪽 기슭을
내 자리라 여기고 있으니

—「우리 집 고양이」 전문

‘우리’란 자기와 듣는 이를 포함한 여러 사람을 가리키는 인칭 대명사다. 사실 공감은 ‘우리’가 ‘우리’라는 사실을 받아들이는 감각이다. 그런데 한동안 ‘우리’에는 자기, 즉 개

인은 없었다. 아마 시인도 국가와 민족을 위해 '개인 없는
우리'로 살았던 적이 있었을 것이다. 그러나 이제 '우리'는 '
개인 있는 우리'로 살아가고 있다. 작품의 제목에서 사용된
"우리 집"이라는 말도 그렇다. 시인은 "우리 집"을 소유물
이 아닌 주어진 장소로 받아들인다. '우리'라는 말이 지니는
의미 자체도 그러하거니와 각자의 자리에서 함께 있는 곳
이 "우리 집"이다.

　일상처럼 장마 뒤 자란 풀을 뽑고 있는 시인에게 아내가 "
관중이 생겼다"고 말한다. 검정개 한 마리와 고양이 셋. 그
들은 말을 걸지도 다가오지도 않는다. 그저 바라볼 뿐이다.
시인 역시 바라본다. 고양이들이 여러 세대를 거쳐 여기서
살고 있다는 것을 알고 있다. 하지만 시인이 그들을 관리하
거나 키우지 않는다. 고양이들은 "저마다의 자리에 있다."
비닐하우스, 장독대, 창고. 이 장소들은 고양이들이 스스
로 선택한 자리다. 시인은 먹이를 준 적도 없으며 손을 내
밀어 본 적도 없다. 한 번도 그 자리를 침범하지 않았다. 고
양이들은 인간의 시간과는 다른 리듬으로, 자기늘만의 삶
의 연속성을 지니고 산다. 시인은 그 사실을 알고 있을 뿐
개입하지 않는다. 각자의 자리를 존중하면서 '함께 있다.'

　"'우리 집 고양이'라는 말도/ 맞지 않은 듯하다"는 구절은
이러한 시인의 태도를 잘 보여준다. 소유하지 않으려는, 이
름 붙이지 않으려는 태도는 지배하지 않는 관계를 선택한
결과다. 시는 공감이 '함께 붙잡음'이 아니라 '그냥 놓아둠'
이라는 사실을 알려준다. 다정한 접촉이나 감정의 교류가 '

우리'를 단단히 이어주고 안정을 보장할 수 있겠지만, 때로
는 간섭하지 않음이 더 큰 '우리'를 만든다. 시인 역시 고양
이처럼 "지구의 한쪽 기슭을/ 내 자리라 여기고" 산다. 사
람이건 짐승이건 모두가 이 지구에 임시로 자리를 내어 쓰
고 있는 존재다. 서로를 위로하거나 보살피지 않아도 각자
의 시간을 살고 있다. 이 사실을 인정하는 것은 쉬운 일이
아니다.

　시인은 타자를 나의 세계로 끌어들이는 공감이 아니라 나
를 타자의 세계에서 한 발 물러서게 하는 공감에 대해 말한
다. 우리는 이제 말을 걸지 않아도, 만지지 않아도, 소유하
지 않아도 가능한 '함께하기'라는 새로운 일상의 윤리를 발
견하게 되었다. 그 '함께하기' 속에는 인간과 비인간이 나란
히 살아갈 수 있는 감각이 존재한다.

　그래서 질문은

　장동구의 시가 '일상을 어떻게 살고 있는가'를 말한다고
했을 때, 우리는 미처 '어떻게 살아야 하는가'에 대한 질문
에 대해 이야기하지 못했다. 시인의 시들은 현대 철학이나
고도의 지적 유희로서의 깊이를 추구하지는 않는다. 난해
한 상징이나 새로운 인식론적 체계를 시의 기준으로 삼는다
면, 그의 시들은 평이해 보일 수 있다. 하지만 '일상을 어떻
게 받아들이는가'라는 기준에서 본다면, 그의 문장이 지닌

힘은 결코 가볍지 않다.

　　어머니가 닭 잡던 날
　　목 없는 몸이 한참 마당을 헤맸다

　　날개만으로 땅을 차며 달렸다

　　육십 해가 넘도록
　　나도 그랬다

　　회색 길을 오가며
　　어디로 향하는지 묻지 않았다

　　지난밤 꿈에 닭이 나타나
　　고개를 갸웃거렸다
　　넌 아직도 머리를 찾고 있니

　　깨어나 책상 위 공책에
　　몇 줄을 긁어 남긴다
　　펜끝이 종이를 할퀴는 소리만
　　방 안에 남는다

—「머리 없는 새」 전문

시인이 유년에 본, 머리도 없는 닭이 마당을 헤매고 달리던 잔혹한 풍경은 의식과 방향을 상실한 채 살아온 삶에 대한 은유다. 머리는 생각과 판단을 상징하고, 몸은 습관과 관성에 가깝다. 날개만으로 땅을 차며 달리는 닭의 모습은 이미 끝이 정해졌음에도 멈추지 못하는 삶에 대한 완곡한 비판과 다르지 않다. 시인은 "육십 해가 넘도록" 그래 왔으며, 스스로에게 그 이유를 묻지 않았다. 그러던 어느 날 시인은 목 없는 닭이 "넌 아직도 머리를 찾고 있니"라고 묻는 꿈을 꾼다. 꿈은 시인에게 이제 질문을 할 때임을 일러준다. 일상은 너무 익숙해서 질문되지 않는 자리다. 의미를 묻지 않는 순간 일상은 사라질 것이다. 그러므로 우리는 계속해서 물어야만 한다. 물음에 대한 답을 찾는 것이 아니라 물음 그 자체가 중요하다. 비몽사몽간에 몇 줄 남긴 글씨는 알아볼 수 없다. 그 질문에 대한 답이 애초에 존재하지 않기 때문이다. 시인의 글쓰기는 완성된 해답이 아니라 질문을 남기는 행위다. 방 안에 남은 것은 의미나 결론이 아니라 시인이 '아무 일도 일어나지 않은 시간' 동안 스스로를 확인하려 애쓴 흔적이다.

오래 걷던 길의 끝
발자국 하나 없는 들판이다

무엇이 있을까
얼마나 걸어야 할까

바람 부는
들판으로 나간다

발자국이
뒤에 남는다

앞은
여전히 하얗다

—「12월, 겨울—3악장」 중에서

머잖아 시인은 "오래 걷던 길의 끝"에 도착할 것이다. 성취의 결과처럼 보이는 그 끝에 "발자국 하나 없는 들판"만 있으리라고 짐작했을까. 이 장면은 '일상은 무엇을 남기는가'라는 질문을 자연스럽게 불러온다. 이어지는 짧은 자문, "무엇이 있을까/ 얼마나 걸어야 할까"는 삶에 대한 거창한 물음이 아니다. 매일을 살아가며 문득 직면하는 일상의 질문이다. 그 질문의 순산은 이렇게 간단하다.

시인 앞에 다른 길은 없다. 저 "바람 부는/ 들판"으로 가야 한다. 멈추거나 되돌아갈 수 없다. 질문을 품은 채 다시 걷는다. 확신이 없어도, 답이 없어도, 시인은 다시 일상으로 돌아간다. 모두가 그렇다. 아마 시인의 섬세해지려는 노력은 일상의 최소한의 증거인 "발자국"을 남길 테지만, 만약 그 노력도 질문도 없다면 '아무 일도 일어나지 않은 시간'만 있을 뿐이다. 마지막 구절 "앞은/ 여전히 하얗다"는 그것

143

을 단적으로 보여준다. 하지만 그것이 온전히 절망으로 환원되지는 않는다. 이 문장은 정확히 일상의 조건에 대한 인식을 담고 있다. 일상은 늘 불확실하고 비어 있다. 지극한 자연의 시간이면서 시인이 맞이해야 할 앞으로의 시간이기도 한 일상. 시인의 언어는 날카롭게 그것을 파헤치지 않아도 언제나 중심을 벗어나지 않았다.